침묵의 여울

황금알 시인선 127

침묵의 여울

초판발행일 | 2016년 6월 20일

지은이 | 이수익
펴낸곳 | 도서출판 황금알
펴낸이 | 金永馥
선정위원 | 김영승 · 마종기 · 유안진 · 이수익
주 간 | 김영탁
편집실장 | 조경숙
표지디자인 | 칼라박스
주소 | 03088 서울시 종로구 이화장2길 29-3, 104호(동숭동, 청기와빌라2차)
물류센타(직송 · 반품) | 100-272 서울시 중구 필동2가 124-6 1F
전 화 | 02)2275-9171
팩 스 | 02)2275-9172
이메일 | tibet21@hanmail.net
홈페이지 | http://goldegg21.com
출판등록 | 2003년 03월 26일(제300-2003-230호)

값은 뒤표지에 있습니다.

ISBN 979-11-86547-35-9-03810

침묵의 여울

이수익 시집

황금알

『침묵의 여울』이 나의 열두 번째 시집이다.

　지난 2007년에 출간한 『꽃나무 아래의 키스』가 아홉 번째
시집이고,
　2010년에 낸 『처음으로 사랑을 들었다』가 나의 열 번째 시
집, 그리고 2013년에 낸 『천년의 강』이 열한 번째 시집이다.
제법 많이도 썼다.
　그러면서 나의 시 정신이 되도록 푸르게 살아 있기를 희망
하면서, 쓰고 또 쓰기를 기대하는 것이다.

　'시 정신이 죽으면 사람도 또한 죽는 것이다'라는 최후의
믿음이 이렇게 나를 지탱케 했다.
　그래서 바라건대, 아무튼 시의 영혼이 늘 내 가슴 속에 두
근두근 살아 숨쉬기를…

2016년 봄
見山 이수익

차 례

1부

2부

3부

4부

1부

그만큼의 높이, 드론

나는 드론을
높이 쏘아 올린다
수직 강하가 자유로운 물체, 소형 무인기는
하늘에다 불을 켜고 치솟아 오른다
바로 이것이다! 나의 꿈은
너무 높지도 않고 너무 낮지도 않게
고요히
적을 향하여 전진하는 것이다, 보다 치밀하게

지상 3, 40미터 상공으로 떠오른 드론은
하나하나 인간의 표정과 감각, 기대와 좌절을
거듭 다스리고 부풀리며, 또한 넘치는 에너지를 가볍게
끌어안는다
카메라는 매 순간을 찍어 동영상에 감금된 풍경을
실려 보내고, 그리고

나는 작전을 감시한다

오늘도 아침부터 저녁까지, 밤부터 새벽까지, 드론은

날고 싶은 나의 꿈을 부풀리며 하늘을
끝없이 날아다닌다
너무 높지도 않고 너무 낮지도 않게, 적절한 높이를
이루면서 지붕과 지붕을, 강과 산을, 벽과 어둠을 파
헤치는
드론은

내가 날고 싶은 또 하나의 부푼 욕망이다
혹은, 그
좌절이다

닫힌 입

입을 봉하라. 당신의
풀렸던 정신을 꽁꽁 옭아매고 이제는
마음을 단속하라. 그동안 너무 많이
지껄였으니, 텅 빈 구석 더러 생길 법
했을 듯.
입을 봉하라. 차라리 그전이 더욱 그리웠던 것처럼
최초의 이전으로
돌아가라.
보다 더 커다란 믿음이 당신을 누르고서 지배할 수 있
도록
어둡게, 끝이 보이지 않도록
멀어져라. 당신의 눈과 귀와 입이
온통
허물어질 때까지.

다락방

혼자만의 공기를 쉼 없이 들이킬 수
있는, 마디마디 뼛속을 깨끗하게 비울 수
있는, 타인들을 멀리하고 오로지 자신만을 정면으로
바라볼 수
있는

바로 그런 곳
그런 자리
그런 분위기
속으로

나를 눕히고 싶어.
아무도 쉽게 문을 열어주지 않는
텅 빈 고요만이 물결치는 숨겨진 조그만 방,
그 다락방의 은밀한 초대에
가득히 누워

온전하게 나는
새로워지고 싶어.

떠오르는 비행기처럼 나는 훨훨 날아갈 거야,

그리고 다시는 돌아오지 않을 거야, 행복한 사탕을 오래오래 빨면서,

머나먼 우주의 끝을 따라 날거야.

다락방, 언제라도 나를 눕히고 싶은

환상의

그곳.

이륙

캄캄히 멀어져 갈 때가 있었지
본인이 바라든, 바라지 않든지, 어느 순간
기폭제처럼 떠올라 그 이름 환히 빛날 때가 있었지
또 다른 대륙을 향해 가득히 무릎 꿇고 빌어보던
그 최초, 이륙의 시간
죽음처럼 피어오르던 유황불 타는 냄새 속으로
당신은 초고속 발진의 페달을 밟았던 거야
극소수의 사람만이 선택받은 레이스 위에 당신은
은빛 타오르는 융단의 구름을 밟고 서서, 끝없이
펼쳐진 녹색 산야와 푸른 바다, 강들을 음미하고 있었어
그것이 처음이었고
이젠 마지막이야, 마지막은
다소 우울하지만 그렇지만 지켜볼 만해
당신에게는 이륙이란 늘 처음 있는 일이니까

건축학 개론

무슨 도시가 그런가,

한때는 휘황한 축제가 연이여 며칠이고 열리던 거리였
는데

그때는 무성한 초록 잎사귀가 으르렁거리며 숲을 이루
고 있었는데, 그때는

저녁 하늘을 향하여 눈부시게 부서지던 폭죽이 찬란했
었는데

그때는 술 취한 무리들이 떠들썩하게 웃음판을 이룬
채 지나갔었는데

무슨 도시가

그런가,

지금은 기물을 송두리째 압수당한 채 나올 수밖에 없
는 빈한해진

골목과 쓰레기더미 더미가 수북이 깔린 회색의 블록
담과

천천히 낯선 걸음을 옮기는 허리 구부정한 노인들과
오랜 낡은

집들이 쓰러져 갈듯, 쓰러지지 않고 버티고 있는 풍경

이 저리 위태롭기만 한데

　무슨 도시가
　그런가,
　아직 눈뜨지 않은 미명의 거리를 휩쓸며 쏘다니고 있는
　이 미친 야성의 고양이들과 뜨겁게도 불우한 나의 이
웃들은

견고한 뼈

뼈는 강고하다
무기질이 뿜어내는 어둠의 자막이
깊고
현저하다

살들은
단 며칠 만에 해체되었다
떨어지지 않으려는 피의 응집력이 계속되었지만
뼈는
제 살들을 떨쳐내어 버렸다
울부짖음 속으로 흘러내리던 그 오랜 말들,
혹은
그런 기억들…

이제 뼈는
날카로운 각도로서
수식어를 필요로 하지 않는 냉정한 심판자처럼
우뚝
내 앞에 섰다

뼈의 결기는 한창 꼿꼿한데
나는 조금씩,
울음을 터뜨릴 것만 같다

비밀을 보이다

어젯밤 폭우에 담장이 그대로 무너져 내렸다
담장이 끼고 있던 이웃집과 우리 집의 내부가 훤히
있는 그대로 드러나 보이는, 그런 처지가 되었다
가리고 살았으면 더 좋았을 것들이
어처구니없이 황당하게, 자신의 모든 것을 죄다 보여
준다고
그랬던 것이다
그 집 대청마루와 문지방, 우물, 재봉틀, 변소, 외양간
등속이
눈에 빤히 보이는 것들이었고 우리 집 또한 마찬가지
였지만,
그런 것 외에 각자 은밀하게 챙겨주고 싶은 조그만 비
밀들이
여기저기 매달려 있었던 것이다
무너져 내린 담장을 보수하며 반듯하게 일으켜 세우는
일이
눈앞에 떨어진 가장 큰 사업인데도
나와 아내는 엉겁결에 보이지 말아야 할 소중한 것들
을 송두리채

드러내 보인 듯
쓰러진 담장을 두고 한없이 불평해 하는 것이다
아마도, 이웃집도 오늘쯤은 그럴지 모른다

아가위나무

산사수가
조그맣고 붉은 열매들을 껴안은 채
11월로
가고 있다

나쁜 귀신이 오면 물리쳐 버려야지
우리 집 산울타리를 지키고 서 있든, 실했던 그 나무가
어느덧
노란 잎사귀를 물들인 채
찬란한 망명의 길을 떠나려 하는 데

어디
호위무사 몇 명쯤 데리고 떠날 일 아닐까
나는 어쩌면 그 길만이 살아서 돌아올 날을
기약하는
빛나는 선택이라고 믿고 있는데

아무런 미련 없이 떠나가는
산사수,

가시면류관처럼 무겁게 머리카락 풀어헤치고서
냉혹한 가을 찬 서리 속으로 스며들고 있는 것을

나는 바라보네, 이제는 우리들 간의 거리도
저렇게 멀리
떠나가고 있음을

흑백영화

흑백영화를 보고 싶어
줄이 주욱 죽 흘러내린 흑백영화 속에서
그들은 놀랄 만큼 바보스럽게 사랑을
연기했었지
서툰 만남에서 사랑은 처음 시작되었으나
엉성해진 이별의 순간, 사랑은 내일을 예측할 수 없이
아득하게
아득하게 헤매다가,
드디어 두 사람이 다시 눈물겹게 재회하는 장면에서
사랑은 바로 신파조의 감정을 여지없이 그대로 드러냈
었지
사랑!
지금만의 사랑이 제일이 아니고
지난 시절 바보스럽게 바라본 그때 그 장면이
몹시도 더욱 그리운 거야
한 번 더
흑백영화를 보고 싶어

불꽃, 끝없이 타오르는

불꽃은
쓰러지지 않는다, 거듭
피어오를 뿐이다

한쪽이 펄럭이다가 지치면
또 다른 한쪽이,
고요함을 뿌리치면서 새삼 황홀하게도 피어오르는
그런,

그런 것이다

불꽃은
죽음을 앞두고 있으나
불굴의 저항처럼 끝없이 휘감는 손들의 유혹을
헤치고서
하늘 쪽에다 목마르게 그의 입술을 갖다 댄다

보라, 저 준열한 높이에서 꺼질 듯 꺼지지 않는
하얀 불꽃이 삼키려 드는 악마의 연기들이여,

고통 속으로 기나긴 하루를 보내고 있는
나날이여,

굵게 팬 손아귀에서 뻗어 나간, 거친
나의
힘줄들

그 날은 가고

웅덩이를 보면
물속으로 던지는 나의 배고팠던
우울한 저녁, 그리고 그 이튿날 새벽이
음험하게도
시퍼렇게도
되살아나는 것만 같아

울지 못하게 입을 틀어막던
숨 가쁜 날, 겪었던
참혹한
그 기억 때문에

차라리 이빨이 사나운 개가 되고 싶었던
어쩌면 웅덩이 속에 빠져서 죽고 싶었던
끔찍한 보복을 꿈꾸던
나의
과거여

그러나

지금은 정말
살아 있는 세상이 매 순간 아름다워
숨 쉬는 자리마다 불꽃처럼 피어나는 노년기의
황홀한 고독과
기쁨이여

참새

버릇없는 녀석들,
똑똑하고 영리하기만 할 뿐이지 제 멋대로
굴러다니는 돌멩이처럼 발끝에 채여서
쉼 없이 흩어지는, 정체불명의 무국적자들과도 같이

오로지 재빠르기만 할 뿐
고개를 들면 어디론지 후루룩 날아가 버리는
그런 불순한 주둥이들,
점차 나에게는 잊혀져가고 있는
이들은

금세 나타났다가 쫑, 쫑, 쫑, 발걸음이 수상하게도
나무 그늘에서 그늘로 피신하는, 더 없이 심약하기 짝
이 없는
이들 참새는

나에겐 어릴 적부터 친구처럼 막역하게 지낸
터였지만 요즘 아이들에겐 아무런 뜻도 없이
귀가 먹은 새,

그들에겐 옛날의 새총소리가 가깝게 들려오기를 기대
하고 있겠지만
　그런 아이들이 살고 있지 않은 세상과는 서로
　아득히 멀어져서

침묵에 대하여

침묵은 묵직하다
침묵은 굵다
침묵은 검은 빛깔이다
침묵은 오래간다
침묵은 크고도
깊다
침묵은 자신의 혀를 깨물어 삼키는
사람의 거대한 자만自慢이 꿈틀거린다
침묵은 상대방의 말을 일체 중지시키는
뜨거운 압력들끼리
충돌한다
침묵은 또다시 새로운 침묵의 세계를 이끌어내는
그 최후의 만찬이다
오, 담대한 침묵!

나를 던지리라

거대한 물결이 이루어내는
격한 파문의 소용돌이 속에서
아직 살아 숨 쉬는 언어와 율동,
소름 끼치는 날카로움과 울음이
활처럼, 무기처럼 팽팽하게 솟아오른다면

나는 표적이 되어 박히리라, 생의 한가운데서 끝으로
생의 끝에서 한가운데로, 무섭게 몰아치는 힘의 단단
한 끈이 되어

일체의
애증도, 희생도
없이, 나를
던지리라

죽음으로서 창궐하는 크고 강한
부패여
나를 사로잡는 험난한
백색 공포여

이제는 거친 소용돌이처럼 저만치 멀어져 가라

나는
용솟음치는 땅 위의 저력을 믿고, 또한
너를
가득히 용서할 것이니
참으로 오래되었도다, 거대한 미래여

멍청하게 바보처럼

손이
쉬고 있다, 가볍고
느슨하게
힘을 한껏 빠뜨린 채 다음에 해야 할
일을 까마득히 잊어버린

미생물처럼, 기울어진 저울대처럼,
손이
맥없이 나자빠져 있다

10분 전쯤이었던가, 손은
머리에 의해 분주하게도
제 갈 길을 찾아가고 있었다, 처음부터 끝까지
파고드는 긴장과 소스라침, 혹은 믿을 수 없는
그 어떤
놀라운 발견에 대하여

떨면서, 그리고 이루어질 수 없는 절망과 파괴에
몸부림치면서, 시詩의

힘줄과 근육들이 제 자리를 잡아가기를 얼마나
바랬던가

지금은 손이 하염없이
쉬고 있는 시간,

스물일 곱 개의 뼈대가 이루고 있는 윤활관절은
한없이 고개를 수그린 채
흐릿하고,
멍청하게,
바보처럼,

무겁게도 입을 닫고 있다

2부

핏자국

장미는
불꽃이다
펑, 터지는 화염의
중심부다
손닿지 못할 욕망이 흘러내리는
너와
나의
앞가슴이다
6월, 붉은 장미가 피어 있는 골목길 담 위에는
어느 날 내가 한없이도 울면서 몸부림치던 그 사랑의
핏자국이
스미어 있다

슬픈 리얼리티

차창 밖으로
내 미려는 손과
잡히려는 손이

하나가 될 때,

서로 잡을 수 없는 손과 손끼리
가슴 무너지게 주저앉은 채, 결코 하나가
될 수 없을 때,

이별은
마침내 이별해야 할 순간을
숨 가쁘게 맞이하면서
몸부림친다.

… 드디어 버스들이
떠난다.

하룻밤 같이 끌어안고 울면서 보낸

불같은 체온들이
이제는 점차 멀어진다, 그것은 65년 만에 이루어진

허무한 짝사랑의
슬픈
고백.

* 제20차 남북이산가족 상봉행사는 2015년 10월 20일부터 26일까지
  금강산에서 이루어졌다.

유리의 기억

뜨겁고도 차디찬 불길이
솟아올랐다.
나는 저 지옥 같은 화염 속으로 뛰어
들어가야 한다.

나는 오로지 새롭게 태어나야 함으로서
정결하게 옷가지들을 벗은 채
최후의
불의 심장을 향하여
황홀하게도 떨어져 죽을 각오가 되어 있으므로

나는
초주검의 변경을 거슬러서 떠나온 사내답게
늠름히 어둠과
맞서리라.

차디찬 기억의 저편에서
투명하게 얼음처럼 빛나고 있는
오!
유리 한 장

붉은 고지

우뚝 선
그의 성기性器는
죽음을 향하여 전진한다.
피투성이가 되도록 쏟아 붓는
적의
붉은 고지를 향하여
드디어 험악한 생애를 마감코자 한다.
마지막 한순간 떠오르는 비명悲鳴이
입안을 가득
메울 무렵,
그는 운다, 또는 웃는다, 아니면 완전
실성이다.
이제 그에겐
죽음만이 가장
가까운 거리.

가족사의 이면

더러울 년,
엄마 혼자 남기고서
훌쩍
세상을 떠나버린

독한 년,
쓸개만치도 못한 년,
사내를 따라서 그 아까운 목숨을 버리다니!

나는
미친 듯이 운다
딸애를 잃은 이 엄마는 가슴이 썩어
금세
문드러져 내리는데

돌아오지 못할 강을 이미 건너버린
딸애는 하얀 죽음으로서, 말이
없다

미칠 년, 모질 년,
그래 이 나쁜 년,
나쁜 년…

두꺼운 침묵

침묵은 베일이다, 아무런 답이
없다. 두들긴 자국만이 그 위에
시커멓게
남아 있다.

크게 한번 부딪쳐 보자면서
거칠게 몸을 날려보아도
두 개의 벽을 가로지르는 순식간의 파장만 일었을 뿐,

침묵은 여전히 침묵!
시퍼런 상처는 진원지를 알 수 없는 암흑이다,
불쾌한 첫 번째의
반응이다.

침묵을 깨뜨리기 위하여
서툴게 힘을 쓰지 마라.
서투른 입, 서투른 희망, 서투른 장식, 서투른 뼈들,
그보다는
한없이 죽어 있는 당신의

절망이 좋다. 차라리 끝없는
절망!

나는 캄캄한 어둠 속에 피어 있는,
또 하나의
고요한 불행이다.

낙과落果의 이유

사과 한 알의 무게 중심이
오래 준비하고 있었던 듯, 그때야 떨어져
내린다.

땅의 거친 표면이 그 순간 순해져서
붉고 푸른 사과 한 알과의 만남을 너무나도 기쁘게 생
각하며
이를
받아들인다.

땅은 이미 오래전부터
낙과의 비밀을 알고 있었던 듯하다.
사과가 자라면서 조금씩 달라지는 그 빛깔과 향기를
몰래 지켜보면서, 꽃과 벌의 나타남과 사라지는 때를
기억하면서,
해와 달과 별빛, 구름의 운행을 떠올리면서
언젠가는 사과가 제 몫을 다해 지상으로 떨어져 갈 날
을 곰곰
가슴에 새기고 있었는지도 모를 일이다.

사과가
고요히 떨어진다.
온몸 가득히 펼쳐지던 지상의 복된 시간과
눈물 나게도 그리운 정든 분위기와 마지막 이별의 공
간이
차마 아쉬운 듯
한 알의 그리움이 떨어진다.

이 땅에,
한 알의 축복이 떨어진다.

깊은 관계

간밤
야음을 타고 내린
하늘
특공대,
하얗게 지상을 점령해 있다

그 어깨를 밟고 지나가는
새벽
수레바퀴들,
일사불란하게 고요를 흔들고 있다

하얗다 못해
푸르디푸른
제복을 입고 도열해 있는 하늘의 장정들
입김은 단호하고, 또한 위엄 있게
차디차다

쉿,
아무 말도 뱉을 수 없는 이 땅의 침묵 피어오르는

시간,
당신과 나 사이는
너무나도 깊은 관계처럼
얽혀 있어

피로 물들다

악몽에 떨어지기 전
바로
그 지점,

악몽을 거부하다가 미쳐버린
바로
그 지점,

이제야 나는 살아 있다, 살아 있다!
외치는
이
극빈極貧의 순간,

떨어지는 한 방울의
피의
울부짖음,

검은 비닐봉지

나는 붕붕,
떠다니고 싶다
실없이, 고독하고
우아하게
바람에 불려서 마구
흩날리고 싶다
구겨지고 싶다
퍼덕이는 나의 패션을 무엇이라고
부를까
자유를 위한 고백, 영광스러운 일탈,
끝없는 방황을 찾아서
그런 모험으로
나는 하늘을 향하여 구김살처럼
엉클어지고 싶다
휘날리고 싶다
나는 붕붕,
떠다니는 검은 비닐봉지
때로는 무국적자라는 이름으로

나를 불러다오
나를 잊어다오

자유

바싹
깨어진다, 주저앉듯이

형체는 스스로 무너지면서 그들이
지금까지 탄탄하게 유지해온 상하관계를
고스란히 있는 그대로 보여주면서, 다시는 일어서지
않겠다는 듯이
그들만의 고유한 짐을
풀어놓고 있는 것이다

얼마나 편안한가, 이젠
고답적이고 형식에 맞춘 틀을 벗어나
오로지 질펀하고 생기발랄하게 솟구치는 하늘의 뜻을
있는 그대로
물려받겠다는 듯이
그들은 주저 없이 알몸 하나를
활짝 풀어헤치고 있는 것이다

바싹 깨어진 고려청자 하나가

극사실화처럼 선명하게 버려져 있는 초겨울
그 입구

유영遊泳

당신은 푸르게 눕는다.
처음처럼, 입술이 떨린다.
나는 불꽃의 가슴으로 환호하듯, 당신을
껴안는다. 물보라 속에 반짝이는 빛의 굴절처럼
당신은 온몸이 부서지면서, 나에게로 합류한다. 우리는

이렇게 해서 만난다. 천천히, 천천히, 나로부터 멀어
져 가라.
만나는 순간이 바로 해체의 시작이니까. 나는 악마의
칼끝을
겨누고서, 당신의 사랑을 흡입한다. 벼랑 끝에 선 당
신은

이미,
죽음이다.

불덩어리

하늘로 쏘아 올린 불덩어리가
이글이글
타오르고 있다
숨 막힌다
참말이 거짓말 같고, 또는 거짓말이 참말 같은
뜨거움이 폭발하면서 내뱉는 열기가 바야흐로
하늘을
요동친다
붉은빛으로 채색된 구름들이
퍼지면서, 땅 위에 뾰족뾰족한 고층빌딩들을
일으켜
세우고 있다
푸르디푸른 시간, 창문을 열면
새로운 아침의 기류가 나의 종아리를
휘감아 오른다
근육이 힘차게 뭉쳐진다 나는
거친 성욕처럼
굳어진다

우범지대

그들의 손은 쉬지 않고 또 다른 움직임을 찾고 있다
그들의 손은 험악하고 묵직하게
내버려져 있는 것이다 그들의 손은 무엇인가를 꼭 만
져야만 하는데
만질 수 없는 부재가
그 앞에 가로 놓여 있다 그들의 손은
굵다란 실핏줄이 불거져 떠돌고 있는 도심지 우범지
대, 검은 피가
뚝뚝 흘러내릴 것 같은 그 회백색 건물 밑으로 몇 조각
마른 빵과 우유를 실어 날라야지 절망에 한껏 기울어
진, 피투성이 같은
그들이 보다 자유롭고 더 따뜻하게 심장을 움직일 수
있도록
그래 조금만 더,

사라지는 책들

책들이 사라졌다
사물과 사물 간의 거리가 아득히 멀어졌다
아무것도 들리지 않는다
고독을 씹는 자의 한숨 소리 거칠다
눈에 보이는 것들 시계視界를 가린 채
하염없이 둥둥, 떠내려간다
내가 버린 책들 하얗게 거리를 헤매며 떠돌아다니는
불우한 지금, 알 수 없는 벽들 사이에서
소름 끼치게 그리워지는
그들 이름은
누구?

3부

엄마, 사랑해

당신의 혀끝에 내가 눕는다
생각할수록 비천해진, 지나간 사랑이 눕는다
쓰라림뿐이었던 내 상처의 오랜 흔적이 눕는다
그까짓 것, 별수 없는, 한 줌의 후회가 지금 가까스로
눕는다

엄마,
더 오래오래 살아줘
못다 했던 나의 재롱 제발 받아줘
그동안 버릇없이 굴었던, 정나미 떨어졌던 내 불손함을
눈물 흘리며 잘못했다고 빌고 또 빌게
엄마,
엄마 스스로를 위해서가 아니라 바로
나 자신을 위해서야
오래오래 죽지 말고 살아줘

당신의 입술에 내가 눕는다
누워서 바라보는, 참으로 모자랐던, 나의 과거가 눕는다
아무런 소식도 없이, 벼랑을 굴러떨어졌던, 못 쓰게

다쳐버린
  나의 척추가 눕는다
  머리채를 휘감고서 참아온, 지쳐버린 한숨과 삐거덕거
림이
  이젠 되돌아와 고해하듯 눕는다

  엄마, 사랑해
  정말
  미칠 것처럼

흘러가는 뼈

우리는 다른 사람을
속이고
심지어는 우리 자신을
속일 수 있는
놀랍도록 지능화된 뇌의 구조를 갖고 있지.
여기에 비한다면 뼈는 한갓 허수아비,
소용이 있을 때는 조금씩 쓰이기도 하지만
만약 별 볼 일 없어지면 그까짓 것, 폐품창고에 처박
혀서
알게 모르게 버려지기도 하는 거지.

나이 육십 넘어
자기 존재를 회의懷疑하는 뼈가 가득히
실려서 떠내려가는 어느 지하철역,
이른 아침 시간.

흙의 심장

흙은 살아 있다.
죽은 듯해 보이지만 흙은
시퍼렇게, 고스란히 살아 있다.
함부로 흙을 내팽개칠 일이 아니다.
흙의 부드러운 입술이 그렇게 말하고
또한 흙의 심장이 그렇게 말한다.
흙의 자존심과 흙의 대범함, 흙의 끈기가 우려내는
무한한 적막이
당당히 일어서서 그렇게 말한다.
죽은 듯해 보이지만 흙은 아직도 늠름하게 살아 있어
빛나는 먼지처럼, 광채처럼 우뚝 서 있기를
기대하는 것이다.
더욱 한번 당신의 구둣발로 힘차게 흙을 짓눌러 다오.
거친 밑바닥의 힘이 꾹꾹 누르면 누를수록
꿈틀거리는 흙의 지문과 맥박이 숨결처럼 피어나서
그 아픔처럼, 그 고통처럼 비장하게도 흙은 용솟음치며
이 땅에 새파란 새싹들을 피워주게 될 것이다.
바로 그 중심을 향하여 앞장서서
당신의 체중을 밀고 나가라. 흙!

무너지지 않는 이 땅
최후의 보루.

쩡, 쩡, 소리치며 울리는 저 얼음 속에

굳어진다
일그러진 얼굴이 더욱 참담하게 굳어져
한 눈에
이목구비를 제대로 분간할 수 없게 되듯이

물의 표면이
성급하게 굳어진다
며칠 전까지만 해도 물살은 하류를 향하여
숨차게 흘러 내렸는데
오늘 밤은 다르다! 뜨거운 차가움이 휘몰아치면서
쩡, 쩡, 얼음장이 소리치며 울린다

물은 불온한 기색으로 저마다 비상등을 켜
이 밤을 이기려 들고 있지만
냉혹한 기류가 거듭 차올라 물속의 돌덩이들은 숨이
막히게
비틀어진다 앙상한 겨울나무들이 가슴을 움켜진다 하
얗게
별이 빛나는 밤이 함께

무너진다

입술이 새파랗게 타오르는 밤, 가만히
귀를 기울이며 듣는 나의 침묵 속에서
얼음, 저 아래
아래로
세심한 물의 파닥거림이 굽이치며 들린다
두근대며 솟구치는 물의 맥박과 생기를 가득 머금고서
드디어 따스한 봄이라도 올 듯이
그렇게

두개골 X

나는
비어 있다.
텅
비어 있다.
없어서 좋다, 편안하다.
이것은
내가 저버린 마음,
허허벌판으로 내던진 최후의 유물,
두개골.
있는 채 없고, 없는 채 있는
갖은 허망스러운 육체 팽개쳐버린 듯
뼈다귀 하나 길게
누워 있다.
두 개의 눈알이 뭉텅 빠지고
코가 없어지고
이빨만이 서늘하게 닫힌 채
하늘을 바라보고 누운 나는,
어느 외진 수풀 속에 바람 소리 들으면서
그저 편안히

쉬고 싶은 것이다.
누구에게도 나는 기억되고 싶지 않으므로
나를 그대로 잊어버릴 것.
나는 당신의 형상에서 이미 사라져버린
정체불명의 수신자가 되어 있기를.
나는 오늘도
온몸으로
하늘을 하얗게 쓰다듬는다.

하얀 목련

새벽에
점령군은 이 마을을 무섭게
진입했다

총소리 한 방 없이
두근대는 발자국과 숨소리조차 얼어붙은
듯이

단련된 몸짓으로 중무장한 스무 살 안팎
젊은 피들이
몸을 아주 낮춘 자세로 두루두루
사방을 살피면서

이 마을을 송두리째 장악하는
바로
그 순간!

드디어 하얀
목련
피어나겠지

환희를 넘어

강물이 몸을 부풀리며
내 곁으로 다가온다.
그의 설레는 손을 나는
잡아야 하리
그의 환희의 몸짓을 떨면서
껴안아야 하리.
강물이
거듭 내 곁으로 밀려온다.
무슨 할 말이라도 있는 듯
그런 표정으로
그런 눈빛으로
자꾸만 나에게 다가온다.
나도 강물 앞으로 성큼
걸어서 가리.
가다가 멈칫 강물 속에 빠져 있는
둥글고 희디흰 나의
발목을 보리.
강물과 금세 하나가 되어 있는
넘쳐서 펄럭이는 나를 보리.

웃음 짓는 강물 속에
둥긋이 떠 있는
둘만의 황홀감, 그 자체,
엑스터시여.

돌멩이처럼

돌멩이 하나,
돌멩이 둘,
돌멩이 셋,

강가에서 시퍼런 하늘 위로 힘껏 내던지는 숨찬 설렘이
하늘꼭지에 다다란 듯 강 쪽을 향해 쏟아지는 하얀 비
명 때문에
온종일 무지막지하게 즐거운 하루를 거듭 보내고 있는
어쩌면 옛날 같은, 이 세상 끝 이야기

사람이 하나 없어도 좋을, 짐승이 하나 없어도 좋을,
이런 날들 속에
돌멩이처럼 굳건하게
내가 살아가고 있다는 것은

둘레

내 몸이 닳아가는 것
애달파할 일 아니다.
내 몸이 깎이고 헐어가는 것
또한 아프고
서운한 일 아니다.

나를 고통스럽게 하는 건
중심을 향하여 푸르게 서 있어야 할
나의 몸짓
위태롭게 흔들리는 일,
오롯이 중심을 지키고 싶어 하는 나의 열망
나의 자존
그런 긍지
시간의 밥풀 되어 헛되게 풀어지고 흩어지는 것을
멍청한 눈빛으로 바라보는 때의 목마름,
그 때문이다.

그리하여 나는 때때로 미친 듯이
세월의 문턱에다 대고 불 지르고 싶다.

위험한 방화범이 되고 싶다. 반역의 칼날이
되고 싶다. 불화의 언덕 위에
나를 세워다오.

나는 끝끝내 하나의 중심이
되고 싶다. 내가 나를
일으켜 세워다오.

살아 있다

검붉은 흙은 살아 있다
강물은 살아 있다
길도 살아 있다
금 간 벽돌 자국도 살아 있다
무덤도 살아 있다
풀잎도 살아 있다
눈보라도 살아 있다
덜커덩 창문도 살아 있다
구두도 살아 있다
오, 바다도 살아 있다
번개도 살아 있다
에스컬레이터도 살아 있다
아가미처럼 크게 입을 벌린 산도 살아 있다
책은 살아 있다
먼지도 살아 있다
사막도 살아 있다
모두가 살아 있다
시퍼렇게, 시퍼렇게 살아 있다
나만 이렇게 죽어 있다

나무들 일어서다

어둠을 뚫고서 이제야
나무들 일어서려고 한껏 발돋움하는 것 보인다
희미해진 숲 속 나무와 나무의 간격이 점점 좁혀져서
빛의 소용돌이에 휩싸인 채 이른 새벽 상승하는 기류
의 움직임들이
번쩍,거린다

이미 죽어버린
사물들의 과거를 지우고
죽어버린 동사와 형용사, 부사를 지우고
죽어버린 그의 혼잣말을 지우고
죽어버린 쓸모없는 온갖 학습들을 지우고
죽어버린 어제까지의 기억들을 모조리 지운 채

나무들, 이제 당당히
새로운 하루에 복무하기 위하여
하나둘씩 빛나는 새들을 하늘에 풀어놓는다, 새들은
최초의 발성법으로 숲의 가지와 가지 사이를 옮겨 앉
으며

불의 악기를 연주한다 타타파파하하 루루라라치치 마
마비비두두
　새들의 화음이 끝 간 데 없이 울려 퍼져 마침내 숲 전
체가
　거대한 교향곡 속에 파묻혀버리려는 듯, 놀라운 순간
과 일치하려는 듯

　그렇게 펼쳐놓은 새벽의 숲을 그리는
　나의 이젤에는
　서로의 뿌리와 뿌리들이 엉켜서 거칠게 폭발하는
　힘의 한가운데에, 당신이
　있다

불침번

타워 크레인이
우뚝 서서 밤을 지키고
있다
물샐 틈 없는 공포의 얼음 위로
스치며 지나가는 야간경비원 눈빛이 새파랗게
번쩍인다
철근과 철근 사이, 콘크리트와 콘크리트 사이
무릎을 베고 누운 건장한 사나이들이
이제 곤히 잠에 떨어졌을 밤,
타워 크레인이 지키고 있는
적막한 시간의
불침번

독락獨樂

부처님이 웃는 듯이 표정을 안으로 감추면서
보얗게 앉아 계십니다
탱화가 빛나는 법당 안에는 기기묘묘한 형상들이
나타났다간 사라지고, 사라졌다간
나타나곤 합니다
몇 개의 촛불들이 취한 듯 춤을 춥니다 이토록 죽음과
삶이
한 가지로 어우러져서 독락獨樂을 즐기고 있습니다
희디희게 나비가 날아가는 병풍 저 너머에는
어머니, 우리 어머니가
살고 있습니다

나보다도 더 시인 같은

2016년 3월 16일
집사람과 아들 며느리가 함께
가평으로 가고 있는데,
자가용 윈도 브러시에 조금씩 떨어지는
빗방울을 보면서
세 살 먹은 손녀가 하는 말이
기막힙니다.

"온 세상이 구름에 가려져서
큰 빗자루로 쓸어버려야겠어."

정말 나보다도 더 시인 같은,
우리 집
손녀.

4부

그리워서 아프다

난파선이 한 척
떠내려 왔다
거친 비바람에 쓸려 가슴 덜렁 내다주고
뼈만으로, 험한 상처만으로, 죽은 듯이
널브러져 있다
참으로 며칠 만에 맛보는 햇빛
싱그러워
야윈 몸으로 더듬는 따스한 체온,
그리워서

분수

최고로 높고 멀리 뻗어 갈수록
그것은 더욱
아름답고
처참하다

더 할 수 없는 절정이
가로 놓여 있음으로서
숨을 막고
이대로 죽어버리자는,

분수!
내 스무 살의 열애

어머니

음험한 동굴 속에
사라진 역사들이 파묻혀 있다.
우리의 상식과 지혜를 가볍게 물리치는 그곳,
엄숙한 체위에는
소름 끼치는 영혼이 부유하고 있다.

피에 젖은 옷가지가 토해내는
거짓말 같은 참말,
참말 같은 거짓말들이
당신이 키워온 깊고도 짙은 사랑이었다면
이제 두 눈 꼭 감고 나는, 미쳐도 좋으리.

오래된 여자가 숨을 겨우 내뱉는 병상 위엔
석고상처럼 하얀 눈빛, 당신이
새근거리고 있다.

낙석

돌이
돌을 깨물어서
쏟아지는 낙석들 위태롭게
살아 있고

돌무더기 아래
돌무더기
돌무더기 위에
돌무더기

이처럼 꽉 막힌
수습할 수 없는 절망이
눈 앞을 가린 채
나의 차는 꼼짝도 못 한 채, 그냥
갇혀 있다

앞뒤가
완전 불통不通이다

어찌할까?
두 손은 꼭꼭 묶여 있는데
지상의 한 모서리는
거듭
무너져 내리는데

가슴이 뛴다

철거덕 철거덕
기차가 달린다

철거덕 철거덕 철거덕
가슴이 쿵쿵
뛴다

철거덕 철거덕 철거덕
시골서 기다리는 부모님, 동생, 친구들이 보고 싶고

철거덕 철거덕 철거덕
서서 가도 튼실한 스무 살
나이에

철거덕 철거덕
내뿜는 증기들이 시커멓게 하늘을 물들인다

철거덕 철거덕 철거덕
철거덕 철거덕 철거덕

나의 60년대식 기차는 참으로 끝이 없이

들판을 가로질러
몸부림치듯 달리고
달리고
또
달린다

아프리카 사랑

두 마리의 목이 서로 엉클어지면서
죽자, 살자 한판 싸움이
절정이다.

세상에서 가장 높은 키를 자랑하는 기린麒麟 두 마리가
세상에서 난생처음 보는듯한 난투극을 벌이면서
기린답지 않게, 하늘 한가운데서
투쟁 중이다.

이빨과 이빨이 씩씩거리면서
서로를 앙칼지게 노려보지만
노려보는 그만큼 잔혹한 살의도 허물어져서
글쎄, 얻을 것이라곤 한 푼 없는 그들 기氣 싸움이
참으로 헛되고 헛되기만 할 뿐인데

누가 이길 것인지 쳐다보지 말 것, 그저 무심하게
지나쳐 버릴 것,
아프리카는
넉넉하게도 두 마리 기린들을 가슴 가득하게
품어주는 일만 남아 있는데.

풍뎅이

나는 똑바로

고개를 좌로 돌리고 기어올 한 마리 풍뎅이를

애면글면 기다리고 있다

풍뎅이는 나의 부풀어 오르는 성급한 기대 속에

붙들려, 험난하게 달려올 것이다 나는 언제나 버림 받
고 있는

가여운 사람, 나는 속수무책 떠돌아다니는 집 없는 패
거리, 나는 나의

오른쪽에 대하여 말하자면 유구무언有口無言, 참으로 지
은 죄가 많다

한참을 기다리고 기다린 끝에 한 마리 풍뎅이가 좌로
부터

부서질 듯이, 거칠게 내 앞으로 와서 멈추었다

오, 그립다 풍뎅이!

당신의 찻잔

작은 찻잔에 고요히 풍랑이 일고 있다

차츰 덜거덕거리는 찻잔에 깨어지는 듯 비명이 새고
있다

일렁이는 찻잔 그 모서리에 소름 끼치는 아우성이 피
어오르고 있다

당신이 건네는 말 한마디,

한 마디가 온통

나를 불 지르게 할 것이다

입춘 무렵

대한과 우수 사이
봄이 시작된다는
입춘,
개문만복래開門萬福來를 써서 대문에 걸어두고
한바탕 새봄의 기운을 느끼자는 것인데,
캄캄한 눈이 진흙 바닥에 파묻혀 생사 분간조차 하지
못하는
이 참혹한 시절
어디쯤 봄은 서성대며
잔뜩 풀이 죽어 나서기를 거부하는가

그렇지만 오라, 봄이여 전면에 나서서 크게 한 번
피투성이 싸움에서 이기는 자만이 초록의 잎을 피울
것이니,
그대는 목숨 걸고 불온한 지배세력을 향하여 뜨겁게
울부짖음으로써
저항하라 끝까지
투쟁하라 최후를 사수하라
싸움은 지는 법도 예견하나니, 설령 봄이여 가혹하게

처참하게 패배할지라도 다시 한 번 늠름하게 설욕의
고통을 견뎌내자는 것이므로
담담히 이를 받아들이도록 하자

봄이여, 이제는 싸움터에서 피어날 우리 모두의
잔치를 위하여 축배,
죽음 위에 바쳐질
위대한 축배!

최초의 기억

어미 새의
긴장한 눈빛이 둥지로부터
나를
밀쳐내었다

떠나서, 날아라 날아라
날아라!

나의 날개짓이
맨 처음 하늘로 가득 펼쳐졌을 때의
그
몇 초간
번개 치듯 까마득하고 화려했던 비상이

지금도 나를
끊임없이
끊임없이 흐르게 만드는

태초를 향한

죄악 같은 그리움, 바로
이 때문이다

멍텅구리

나는 멍텅구리
입은 길게 찢어지고, 눈은
찌부러진 듯
모호하고
머리통은 세상살이와는 멀리 떨어져 있어
그렇다면 그것은 멍텅구리
때 없이 실실 웃어 재끼는
내게는 어울리는 보통명사 멍텅구리
바보처럼 천치처럼 내가 나를 내팽개치는 말
그 속에 그대로 갇혀 있고 싶어
오, 멍텅구리

한 잎 플라타너스

플라타너스 한 장 방금
떨어진다.
내 마음은 이미, 이 계절을
수습하고 있다.

갈색 잎사귀 위에
또박또박 볼펜으로
당신에게 부칠 편지를 쓴다.
수신인은 내년 4월, 눈부신 신록 속에 펼쳐질
새로운 군주君主,
오 당신!

내 마음의 붉은 우체통은 어느새
다가올 새봄을
눈물겹게 기다리고 있는 것이다.

하얀 겨울
그 울음의 성벽을 지나서
드디어 우리 함께 만나게 될 푸른 봄날

바로 그때까지,

안녕.